PESCIROSSI
NARRATIVA

I0450752

PESCIROSSI

GIUSEPPE GRANIERI

GESÙ DI NOME E CRISTO DI COGNOME

L'ebook è molto di +
Seguici su facebook, twitter, ebook extra

© 2015 goWare, Firenze
in accordo con Agenzia Letteraria Ticonzero, Cremona

ISBN 978-88-6797-353-8

Copertina: Lorenzo Puliti
Redazione: Marco Rosati
Sviluppo ePub: Elisa Baglioni

goWare è una startup fiorentina specializzata in digital publishing
Fateci avere i vostri commenti a: info@goware-apps.it

Blogger e giornalisti possono richiedere una copia saggio a Maria Ranieri:
mari@goware-apps.com

Non unirti ai morti di spirito.
Scommetti sulla tua vita e, mentre combatti, fottitene del prezzo.

Charles Bukowski

Gesù di nome
e Cristo di cognome

Io credo che a questo mondo
esista solo una grande chiesa
che passa da [...]
arriva da un prete in periferia
che va avanti nonostante il Vaticano.

Lorenzo Cherubini, *Penso positivo*

«Al catechismo ci dicono sempre che credere in Gesù Cristo è, soprattutto, una questione di fede. Credi in qualcosa, anche senza averla vista, senza averla toccata con mano. E ci credi, fermamente. Fermissimamente. Poi, però, vedi tante cose brutte, intorno a te, dentro di te anche, e ti chiedi *ma Gesù dov'è? Perché non interviene?* Non funziona così, ci dicono al catechismo. Un giorno, però, ho chiesto a Marilena (si chiama così la mia bellissima catechista):

"Che cos'è la fede?".

Le ho detto più o meno così, almeno credo, non ricordo bene, è passato qualche anno.

"Hai presente una piantina?", ha chiesto lei.

"Ecco, la fede è come una piccola piantina, quasi invisibile. Ognuno di noi ce l'ha. Il compito che abbiamo è quello di innaffiare questa piccola pianta, ogni giorno, anche con una sola goccia, ma ogni giorno. E questa pianta, innaffiata ogni giorno, crescerà".

Non avevo capito, sinceramente, che cosa potesse significare tutto ciò. Di certo, però, mia nonna aveva non una pianticella, ma un vero e proprio albero grande dentro di sé, se quello che diceva Marilena era più o meno vero, se corrispondeva alla verità. *E don Giulio allora, aveva dentro di sé una foresta?* Bah, non ci capivo molto. A me questa cosa della piantina sembrava una cretinata. La conferma, infatti, l'ho avuta il giorno dopo.

Ho chiesto al mio amichetto Giorgio (Giorgio sapeva sempre tutto, aveva una grandissima biblioteca in casa, migliaia e migliaia di libri; era sufficiente solo guardarli, tutti questi libri, nella loro fermezza, per imparare qualcosa, senza nemmeno leggerli):

"Credi in Gesù?".

E lui rispose:

"No".

E la sua risposta non si fermò mica lì, andò avanti per interi minuti, sembrava avesse già pronta la risposta da anni e anni: stava solo aspettando che qualcuno gli ponesse la domanda. Non ricordo tutte le parole che disse il mio amico Giorgio. Ricordo solo che mi rispose più o meno in questo modo: "Ma tu l'hai mai incontrato uno che si chiama Gesù? Io mi chiamo Giorgio e ce ne sono tanti di Giorgio in giro. Tu ti chiami Luca e in classe con noi ci sono altri due Luca.

Come mai nessuno dei nostri compagni si chiama Gesù di nome e Cristo di cognome?".

Non ci avevo mai pensato, a questa cosa: Gesù di nome e Cristo di cognome. Voi ci avevate mai pensato? No, vero? Ve l'avevo detto che il mio amico Giorgio aveva spesso ragione, merito di tutti quei libri che ha in casa

(da grande voglio avere anche io una libreria piena di libri, sono sicuro che è facile sapere le cose, basta prendere un libro e metterlo lì, in bella mostra, e ti insegnerà sicuramente qualcosa. Forse non c'è nemmeno bisogno di leggerli, davvero, i libri: basta solo guardarli...).

Non lo conoscevo uno che si chiamasse Gesù di nome e Cristo di cognome. Chiesi a mia madre se l'aveva mai incontrato uno con un nome così e mi diede un buffetto sulla guancia. Mio padre nemmeno mi rispose, disse solo che quello era un periodo in cui al negozio vendeva poco (vendere poco o molto al negozio poteva riguardare direttamente Gesù?). Andai da mia nonna, che rispose più o meno così, se non ricordo male:

"Quando crescerai, capirai".

Sarei potuto andare da mio nonno, a chiedere, se solo non fosse morto qualche anno prima.

Gesù di nome e Cristo di cognome: qualcun altro doveva potersi chiamare così, a questo mondo. Altrimenti... altrimenti cosa? Altrimenti nulla. I miei sono solo stupidi pensieri di un ragazzino piccolo. Sicuramente avrà avuto ragione mia nonna: "Quando crescerai, capirai". *Sì, ma quando sarei cresciuto? Perché non si cresce subito, da un giorno all'altro?*».

Molti anni dopo

Fra' Luca, come sempre faceva nei momenti di sconforto, rileggeva la lettera che aveva scritto quasi cinquanta anni prima, con una calligrafia tonda tonda. L'idea di farsi frate era nata più o meno allora, in quel periodo, proprio nel momento in cui aveva scritto, di suo pugno, quella lettera, che ora si stava quasi sfarinando tra le sue mani. A chi l'aveva scritta? A nessuno, o forse a tutti, o forse a sé stesso.

A sé stesso.

Scrivere quella lettera era stato un modo per fermare la sua ignoranza, circoscriverla, darle un inizio e, soprattutto, una fine. Così si augurava... Perché, da quel giorno in poi, con la decisione di entrare in convento, sarebbe dovuta cominciare l'era della conoscenza, dello studio, dei libri, della sapienza.

Fra' Luca rilesse l'ultima riga: «Sì, ma quando sarei cresciuto?». Tanto studio, tante fatiche, tanto tempo piegato sui libri, accovacciato su di essi, quasi che la loro vicinanza potesse trasmettere o dare conoscenza, per poi lasciare il mondo protetto del convento e partire per andare lontano, dall'altra parte del mondo, a servire gli ultimi. A servizio degli ultimi.

Era servito a qualcosa?

Arrivavano, infatti, brutte notizie dal suo paese. Forse, sarebbe dovuto tornare, per sistemare qualcosa, per vedere i suoi familiari, non li vedeva da tanto tempo, da anni. «Sì, ma quando sarei cresciuto?». Mai, forse non si cresce davvero mai: si vive sempre in un'ignoranza che riconosci postuma. Oggi pensi di sapere tutto e, a distanza di un anno o due, provi tenerezza per te stesso, per quello che non avevi capito, e però allora ti sembrava di avere tutto tra le mani.

Fra' Luca scoppiò a piangere, bagnò di lacrime di sofferenza quella lettera scritta tanti e tanti anni prima e, alzando lo sguardo, si rese conto che era tutto da rifare, bisognava cominciare daccapo. Aveva lavorato due anni, con i volontari venuti da lontano e con gli indigeni. Due anni a costruire una chiesetta, di legno, piccola, con materiale di risulta, trovato qua e là, pochi metri quadrati, il tutto tenuto insieme da spago e fil di ferro, pochi fiori, tanto significato,

«Bisognava pur dare un punto di riferimento a qualcuno, un posto dove la pioggia non sarebbe potuta arrivare».

Poi, un incendio, di proposito, in piena notte, appiccato dalla gendarmeria, che non vedeva di buon occhio questo posto indipendente e fuori dal suo controllo,

aveva distrutto tutto.

Ora non rimaneva che un mucchio di legna bruciata e andata a male e puzza di fumo ovunque.

«Sì, ma quando sarei cresciuto?».

Era servito a qualcosa?

Lavoro e altri disastri

Giornate passate ad aspettare il nulla. Sempre lì ad attendere che succeda qualcosa, qualsiasi cosa, e invece nulla. Tutto fermo. Immobile. Se anche piovesse ogni tanto, ci sarebbe di che parlare. E invece nulla. Ti alzi, fai quello che c'è da fare, poi pranzo, giro in paese, cena e notte. Così negli ultimi sei mesi. Che merda. "Vediamo se ci sono offerte di lavoro per un esodato di 56 anni", pensò Marcello – davanti al suo nuovo passatempo: un computer...

* *

Esodato56: ciao
Sognatrice38: perché qst nick?
E: chiedi alla fornero
S: a chi?
E: ma dove vivi!?
S: a casa mia!
E: no, dico: la guardi la tv? se ne sente tanto parlare...
S: ma di cosa, scusa?
E: crisi, pensioni, esodati
S: eso-ché?
E: persone che sono senza lavoro e senza pensione
S: ah...
E: sai dire solo "ah"?!
S: mi fa strano
E: cosa?

S: che mi parli di sta cosa.

E: perché?

S: xké qua gli uomini ti chiedono solo sesso scopate seghe

E: in chat parli solo di sesso tu?

S: no!

E: e allora?

S: e allora io di questi esodatati non ne so nulla

E: vuoi che interrompiamo?

...

(E: perché non scrive?!)

E: ohhh... ci sei?!

S: massi, sono qui...

E: perché non rispondi?!

S: faccio la veglia al bimbo

E: ti va se riprendiamo da zero?

S: ok

E: piacere marcello

S: fiorella

E: 38 anni?

S: c'è scritto nel nick!

E: chiedevo per conferma

S: ok tu?

E: 56 troppi?

S: mica dobbiamo sposarci

E: che fai nella vita?

S: casalinga e mamma di un cucciolo di pochi mesi tu che lavoro fai?

...

(S: perché non risponde?!)

S: non sei obbligato a risp

E: sono un esodato

S: di nuovo con sta storia che palleeeeeeeeeeee...

E: scusa

S: figurati dicevo per dire ma quindi non lavori?

E: no a casa

S: meritato riposo dai ☺

E: tu hai mai lavorato?

S: macché qui dove sto io lavoro nisba...

E: di dove sei?

...

(E: *ma perché sparisce?!*)

E: ci sei?

....

(E: *casalinga senza testa...*)

S: scusami eccomi controllo bambino dicevi?

E: di dove sei?

S: Sicilia

E: capisco

S: tu?

E: Bologna

S: ci sono stata dieci anni fa bella città

E: sì bella anche se ha perduto il fascino di un tempo

S: cioè?

E: no nulla lascia stare

S: come vuoi

E: ma non hai mai provato a lavorare?

S: anni fa solo cose così

E: ti sei arresa?

S: da tempo

E: non cerchi più?

S: ho famiglia ora

E: tuo marito?

S: cosa

E: tuo marito cosa fa?

S: autotrasportatore

E: tutto bene?

S: non manca nulla al resto non ci pensiamo più da un pezzo

E: capisco come mai in chat?

S: mi rilasso

E: sei a caccia di storie piccanti?

S: sto bene così... tu?

E: se capita

S: porco

E: ti va di descriverti?

...

(E: sparita di nuovo!)

E: ci sei?

S: scusa bimbo

E: ti descrivi?

S: vaffanculo

E: pensavo...

S: pensavi male!

...

(S: si è offeso...)

S: com'è sta storia degli esodatati?

E: ma avevi detto che non ne volevi parlare

S: ho cambiato idea

E: ah!!!

S: allora?

E: gli ESODATI sono quelle persone che sono o senza lavoro o senza pensione

S: perché?

E: hanno lasciato il lavoro in base a degli accordi con il datore di lavoro ma anche per altre ragioni e non potranno prendere la pensione per un certo periodo

S: cioè tu ora sei senza lavoro e non hai uno stipendio?

E: esatto

S: bel guaio

E: eh

S: hai qualcosa da parte?

E: certo altrimenti starei sotto i ponti io e mia moglie

S: figli?

E: uno

S: sposato?

E: convive

S: beh, non è drammatica dai

E: punti di vista

S: voglio dire non sei alla canna del gas

E: ancora no... grazie!

S: dicevo per dire!

E: sì certo tranquilla

S: ok

E: ti va di descriverti?

S: ma non scopi con tua moglie?!

E: ma cosa c'entra!

S: c'entra!

E: tu allora perché sei in chat?

S: per svago

E: sicuramente! allora ti descrivi?!

...

E: ci sei?

S: sì

E: allora?

S: allora cosa?

E: no nulla lascia stare

S: appunto

E: ok

S: si è svegliato il bimbo

E: ah

S: ciao devo andare

E: aspetta

S: ciao... abrazo...

Sognatrice38 ha lasciato la chat
E: stronza
Esodato56 ha lasciato la chat

* *

– Ciao fiò.
– Ciao amò.
– Com'è andata oggi?
– Tutto bene.
– Che hai fatto?
– Nulla: sono stata appresso al bimbo.
– Eri al pc?
– Di sfuggita: ho visitato Bologna con street view.
– Ok.
– E la tua giornata?
– È finita...

È solo un racconto

Forse dovrei/potrei aspettare a scrivere queste righe. Forse dovrei far passare un po' di anni prima di scrivere questo racconto in chiave personale. La materia è ancora calda e potrei scottarmi. E comunque, non è l'urgenza che mi spinge a scrivere queste righe. Piuttosto, sento che mettere per iscritto questo pensiero serva

ORA.

E, forse, potrebbe non servire più in là: sento che cogliere l'eccezionalità del momento, questo momento, possa servire a qualcuno, me compreso.

I fatti, prima di tutto, come insegnano in qualsiasi facoltà di comunicazione che si rispetti.

Nell'agosto del 2012 ho scritto un racconto (ho capito solo dopo un po' che poteva essere considerato un racconto: non ho cominciato a scriverlo con l'intenzione di pubblicarlo, ma certe cose, si sa, è difficile prevedere quali sbocchi possano poi prendere...), il file è poi rimasto sepolto un bel po' di mesi nel mio pc, lo vedevo ogni giorno, lì sul desktop, ma non ci badavo poi più di tanto. Una volta ogni due settimane, lo aprivo, lo leggevo, apportavo delle piccole modifiche, se lo ritenevo necessario, e lo richiudevo.

Poi, più o meno verso febbraio 2013, giorno più giorno meno, ho deciso di rischiare, di provare a metterlo in circolo, di farlo leggere a qualcuno, sia del settore che non. Insomma, cercavo di capire se piaceva solo a me, che l'avevo scritto, o se poteva piacere a qualcun altro.

L'ho spedito via mail: i primi due, vado a memoria, sono stati Tiziano Scarpa e Remo Bassini (ex direttore del bisettimanale "La Sesia" e scrittore di noir). Poi, credo anche ad altri scrittori più o meno noti, sicuramente a qualche collega giornalista.

Il racconto piaceva. E non poco.

Qualcuno mi suggeriva di apportare dei cambiamenti, alcuni di natura stilistica, altri di allungare qua è là qualche passaggio, altri ancora di tagliare qualche pezzo o di accorciarlo.

Alla fine, Davide Orecchio (scrittore e redattore di "Nazione Indiana") è stato quello che ha colto forse più velocemente di tutti il nesso tra ciò che avevo scritto e l'attualità del momento politico-sociale.

Grazie Davide!

Insomma, il racconto è stato pubblicato, il titolo è *Lavoro e altri disastri* e lo avete appena letto.

Ovviamente, non mi sono fermato: se prima facevo girare il file, dalla pubblicazione in poi ho fatto girare esclusivamente il link. E qui, come poteva essere prevedibile, non ho coinvolto solo scrittori, addetti ai lavori e giornalisti, ma ho anche inglobato amici, conoscenti, parenti, familiari. Il primo e forse unico (speriamo di no... :)) racconto che vedeva la luce pubblicamente, dal mio punto di vista, meritava di raggiungere quanto più pubblico possibile. Ci credevo, insomma.

Ed è proprio qui che c'è stato quello che io chiamo

GIRO DI VENTO (a voler parafrasare il fortunato libro di De Carlo).

Lo dico subito: c'è stata, sin dal primo momento, una netta cesura nei commenti degli addetti ai lavori/colleghi/ scrittori rispetto ai conoscenti/amici/familiari. Li riassumo per grossi capi: i primi mi scrivevano

"originale",

"fresco",

"vivace",

"interessante",

"pieno di spunti";

mentre i secondi (a dir la verità, gran parte, anche se non tutti) mi dicevano – di persona, ovviamente –

"ma tu cosa c'entri con il tema?",

"eri triste quando lo hai scritto?",

"ma tu in italiano non andavi granché bene, come mai ti sei messo a scrivere racconti?",

e via dicendo.

Lì per lì non c'ho fatto molto caso, ora che è passato qualche mese mi è più facile fare sintesi. Comunque, anche dopo la sintesi,

NON CAPIVO.

Ora, la cerchia di quelli che mi stanno intorno non vive nelle caverne, anzi. È tutta gente che ha comunque fatto un certo tipo di percorso, con lavori che si possono anche stimare, quasi tutti laureati, se può ancora davvero contare qualcosa in questo decrepito paese.

Il punto, secondo quello che c'ho capito, era che il primo gruppo leggeva il racconto e cercava di confrontarsi con

GRANIERI, giornalista pubblicista, lettore incallito, frequentatore di librerie;

il secondo, invece, ha visto solo il

GIUSEPPE: quello che va dietro alle minigonne, quello che si entusiasma per una sagra di paese o quello che bestemmia se Milito sbaglia un gol a porta sguarnita (Milito è l'ex attaccante di riferimento dell'Inter: su certe cose, mi piace essere preciso...).

C'ho riflettuto ancora per un po', poi stavo per inserire il tutto nello scaffale denominato

LE COSE CHE NON CAPIRAI MAI,

quando mi è capitato tra le mani *Parigi, senza passare dal via*, un libro davvero interessante, di Francesco Forlani.

(Aperta parentesi, è davvero un libro ricco di spunti, ve lo consiglio, chiusa parentesi).

Quello che ci interessa è il 24esimo capitolo, *Mio fratello è Charlie Brown*. L'ho letto ed è stato per me una piccola folgorazione. In sintesi:

tu scrivi qualcosa e chi lo legge ne capisce totalmente un'altra.

Riporto degli stralci:

"mi ha chiamato mio fratello con una voce che portava dei chiari segni di inquietudine... Mio fratello era agitato perché gli ho mandato un racconto e ci ha letto qualcosa di terribile, come una lettera di dimissioni e invece per me era solo un racconto".

Racconto che potete leggere qui.

"Il racconto che ho scritto mi era venuto",

continua Forlani,

"dopo un pomeriggio passato con un'amica scrittrice dell'*Atelier du Roman*. Parla di un tipo che mentre ritorna da una passeggiata con un'amica lungo la Senna sente dei rumori strani, una richiesta d'aiuto provenire da uno dei cassoni verdi metallici in cui i *bouquinistes*, i librai, tengono la merce...

Quello che ha inquietato di più mio fratello e che lo ha spinto a telefonarmi è stato un passaggio in cui alla domanda di lui sul come fare per vivere di letteratura, la voce nel cassonetto aveva risposto:

"Allora, ricordati una cosa, la più importante, e non farne parola con nessuno. Solo i gradassi e i pubblicitari se ne escono in certe serate con frasi ad effetto del tipo

'io vivo della mia scrittura'

e fandonie del genere.

S-T-R-O-N-Z-A-T-E!

Di letteratura, e stammi bene a sentire, te lo ripeto a chiare lettere,

l-e-t-t-e-r-a-t-u-r-a,

di letteratura si muore, e questo è quanto".

A me non pare preoccupante (il racconto), però magari mi sbaglio...

Insomma, forse l'ho fatta un po' lunga, ma vi ho ricopiato il passo per cercare di fotografare le due posizioni: una, quella di chi scrive un racconto, solo un racconto; dall'altra, il familiare o l'amico che lo legge, lo prende alla lettera (ma quando mai la letteratura si prende alla lettera?) e ne monta quasi un caso. In questo evento, chiamiamolo così, mi ci sono rivisto: io che scrivo un racconto, solo un racconto, e chi lo legge, soprattutto la cerchia di chi mi conosce da quando mi sporcavo con la Nutella, mi fa domande come queste:

"ma tu cosa c'entri con il tema?",

"eri triste quando lo hai scritto?",

"ma tu in italiano non andavi granché bene, come mai ti sei messo a scrivere racconti?".

Signori, calma, lo dice anche Forlani:

"è solo un racconto!".

Ma quando mai la letteratura si prende alla lettera?

Tentativo di esaurimento di un muro salentino

Resta ribelle, non ti buttare via.

Negrita, *La tua canzone*

Castello, Rizzato, Pippetta. Il meglio deve ancora venire... – Rascati mule – Alleccamelo Lele pirla – Ema ti amo – Ultras freedom – Moriremo tutti (Marsupio) – Prima tie – Ciao Olga – Vendo giallo – Sciacalaca – Fatto sta che fatto sto – Il supremo – I seguaci di Giaki – Cane ssetu – Briolux – Sciamu a Brindisi? – Leo – Sezione Digos – Welcome to Palmiano – Bari merda – Chià te amo – Mary I love you – No alla tessera del tifoso – Siamo da ospedal – Ultrà Lecce – Salute e bene – Friend's storia Pippetta Spinacciolo Rizzato. Non molliamo mai... – Liberamente ultrà – Tira chiu lu pilu te lu nzartu – Viva la shema – È nna vitaccia – Odio cc – Odio tutti – Condivido!!! – Chi è bugiardo è anche ladro – Il tuo amore vive dentro di me – Sono vivo anche senza di te – Quando tu scoprirai quello che hai lasciato io capirò quello che ho perso – La mia rabbia la tua paura la tua paura il mio orgoglio – Tronate de marzu – Auguri cuore ti voglio bene – Non lasciare che la rabbia e qualche vecchio rancore non facciano uscire ciò che di buono hai nel cuore – Tanti auguri da Papi tanti auguri da tutti noi ti vogliamo bene – Torna da me ti amo – Marzo ti amo sei tutto per me – Auguri ti vogliamo bene Gabry Tua comitiva – Paolo... Aurora vita mia – E forse quel che cerco neanche c'è...

Nota al testo – Per ragioni che non starò qui a spiegare, possiamo ben dire che sono cose private, per un periodo della mia vita, non tutti i giorni ovviamente, ma molto spesso, ho fatto con la macchina un certo tipo di percorso: ad un punto, dopo un paio di stop e curve, mi imbattevo sempre in un muro. Un muro normale, come ce ne stanno a migliaia: basso, grezzo, senza pittura.

Però, su questo muro c'erano (ci sono ancora credo...) tante di quelle scritte, che spesso finiva che mi ci fissavo e mi facevo dei grandi film in testa. Non so, pensavo a Olga, e a chi la salutava; oppure a Gabry, che festeggiava il compleanno; oppure al significato della frase "quando tu scoprirai quello che hai lasciato io capirò quello che ho perso". Insomma, cose così. Riflettevo e pensavo (riflettere serve sempre, diceva qualcuno...): c'era qualcosa che mi frullava in testa, ma che non si traduceva in qualcosa di concreto. Dopo un po', dopo averci riflettuto un bel po', è stato tutto più chiaro.

Qualche mese fa, infatti, mi è capitato di leggere un libro (*La vita, non il mondo*): una sorta di diario quotidiano, esperienze di vita vissuta. Ebbene, ecco il collegamento che mi sfuggiva: l'autore, in questo libro, in ben due paragrafi – *Stazione di Peschiera del Garda* e *Scritte sui muri, negozi e parapetti di Napoli* – aveva già messo in pagina le scritte che aveva visto e letto andando in giro o viaggiando per l'Italia.

Ognuno di noi, ora posso dirlo con un buon margine di certezza, ha il suo muro: quello che avete appena letto qui sopra è il mio. E dato che ogni cosa va comunque personalizzata, cercavo un'idea, un titolo originale. Eccolo qui: *Tentativo di esaurimento di un muro salentino*. Un titolo che scimmiotta il ben più illustre *Tentativo di esaurimento di un luogo parigino* di Georges Perec, libro che ho finito di leggere solo da qualche giorno.

Proprio una di queste mattine, mentre mi lavavo i denti, mi è venuto il flash: mi contorcevo e pensavo, e alla fine ecco qui il titolo: *Tentativo di esaurimento di un muro salentino*. Un gioco che prende a prestito metà titolo del libro di Perec e ci mette dentro un pezzo di Salento, che ultimamente va tanto di moda. Tentativo che, ovviamente, va a vuoto nel momento stesso in cui lo si provi a mettere in pagina. È un grande rammarico, per me, ma non tutte le scritte erano leggibili, e alcune erano sbiadite, e proprio ieri, mentre rifacevo il percorso, mi è parso di notarne una nuova: l'ho scritta *io*.

Il Bar Kimera

Succedono, le cose poi succedono,
il mondo è un buco piccolo, ci si ritroverà.
Le mode, i tempi galoppano tra i vortici
e i sogni pettinandosi ritarderanno un po'...

Biagio Antonacci, *Non vivo più senza te*

La osservava da mesi, seduto ai tavoli del bar dove lei lavorava. Sapeva tutto di lei: come vestiva, l'umore, quando cominciavano o finivano i turni, quali colori le piacevano. La vedeva arrivare, dieci minuti prima che cominciasse il turno, parcheggiare l'auto – una Panda color rosso – all'interno delle strisce blu. Un parcheggio niente male, per una donna: preciso, perfetto, squadrato. Lei scendeva, si guardava attorno, come per fiutare l'aria – e, quindi, il tipo di serata che l'aspettava. Poi chiudeva a chiave la macchina, accostava lo specchietto laterale, si accertava che il parcheggio fosse stato eseguito in maniera ottimale. Aveva gesti decisi, risoluti. Segno di sicurezza, di carattere, o forse solo di chi ha qualcosa da sbrigare e vuol farlo alla svelta.

Quella macchina doveva valere molto per lei, non tanto per il valore economico – una Panda con un solo specchietto, lato guidatore, sicuramente anni '90, tre porte, tenuta bene, ma che a stento, a guardarla in maniera accurata, poteva reggere più dei cento all'ora – quanto per un certo affetto, un certo valore simbolico. Che tu lo voglia o no, le cose che possiedi alla fine ti possiedono.

Come per inerzia, fece un balzo sulla sedia, come ridesta-to da un torpore tardo-pomeridiano. *Le cose che possiedi alla fine ti possiedono*, si ripeté più volte, in testa, e poi nuovamen-te a bassa voce. Si annotò questa piccola frase come prome-moria dell'agenda sul suo telefonino: doveva ricordare dove l'aveva letta o sentita. Una citazione, prima di poterla vanta-re davanti ad altre persone, va fatta propria.

Poi, una volta messa a posto la macchina, girava i tacchi e si dirigeva verso l'interno del bar, il Bar Kimera. Un posto normale a dir la verità, niente di speciale, soprattutto l'inver-no. L'estate, invece, la piazzetta di fronte diventava un'esten-sione del bar stesso, come due mezzelune che si ricongiun-gono. E andava così in scena lo struscio estivo, con gente di tutte le età: adolescenti, studenti, ma anche signore di mezza età, single incalliti e umanità varia.

Si dirigeva verso la cassa, salutava Katia, la cassiera, e Ismael, l'istrionico proprietario del Bar Kimera che, dopo un intenso girovagare per il mondo alla ricerca di se stesso e dopo aver dilapidato la liquidazione del padre in pensione da un paio d'anni, aveva deciso che era giunto il momen-to di mettere la testa a posto e, con quello che era rimasto dell'onesto lavoro trentennale del padre, aveva rilevato il Bar Kimera e deciso che tartine e cocktail potevano rappresen-tare un buon investimento, oltre che un'assicurazione per il futuro. Almeno così credeva, o pensava.

Lei, nel frattempo, posava le sue cose, una borsa con i po-chi effetti personali, e poi via a indossare il camice e a pren-dere le prime ordinazioni.

Lui frequentava il bar con una certa assiduità, almeno una volta al giorno: sempre per l'aperitivo delle diciotto, quasi sempre per la colazione al mattino. Aveva preso ad andarci sin da quando aveva comprato la palazzina di fronte. Una palazzina malandata, che aveva provveduto a ristrutturare e ad ampliare: al pianterreno ci lavorava, al primo piano ci viveva. Esattamente da vent'anni. Ma era meglio non farci molto caso agli anni, si disse, altrimenti si finisce sempre per fare i conti con l'età che avanza e roba simile. E non era quello il pomeriggio giusto.

Intanto, sfogliava il giornale in attesa che lei venisse a prendere l'ordinazione, la sua ordinazione. E da quel momento in poi non avrebbe dovuto fare altro che seguire passo passo il progetto che aveva messo a punto nei giorni scorsi.

"Buongiorno, ha già chiesto o vuole ordinare?".

"Questo lavoro non le si addice".

"Prego?".

"Perché non si cerca un altro impiego?".

"Cosa le porto?".

"Frequento questo posto da tanto e so bene che lei sta perdendo il suo tempo qui".

"E forse, invece, scappare con lei a mille miglia da qui mi potrebbe servire, vero?"

"Potrebbe esserle d'aiuto".

"Ringrazio per l'offerta, rifiuto e vado avanti".

"Non è un gioco".

"Segno un cocktail analcolico e le tartine che sono rimaste, quelle con il lato appicciato al vetro del bancone. Grazie, torno subito".

Poteva andare peggio, si ripeté un paio di volte per convincersi che non aveva fatto una figura di merda a dare consigli da padre a una ragazza che nemmeno conosceva. Comunque, aveva rotto il ghiaccio, si era fatto notare e, nel bene o nel male, non poteva più esserci quel misto di indifferenza che circola sempre nei brevi scambi tra cliente e cameriera alle prese con le ordinazioni.

Ora, spazio al piano due. Erano da poco passate le diciotto, lei il mercoledì aveva il turno corto, il che stava a significare che terminava di lavorare alle ventuno. Poco meno di tre ore. Il più era già stato fatto: con un po' di coraggio, e di fortuna, poteva portare a termine il tutto.

"Ecco quello che ha ordinato".

"Io non ho ancora ordinato nulla".

"Vuol farmi licenziare?".

"Perché, questo è un lavoro per lei?".

"Mi ci pago gli sfizi e comunque non è affar suo".

"E invece mi riguarda".

"Da quando in qua?".

"Le va di fare la segretaria nello studio di un importante avvocato?".

"No grazie, tutto il giorno a mettere ordine alle carte, a smistare la corrispondenza e a rispondere al telefono. Meglio qui, all'aria aperta, a contatto con tanta gente. La paga fa schifo, il lavoro non è il massimo, è vero, ma va bene così".

E in men che non si dica era già andata via e la fase due era andata a farsi fottere. Bevve alla svelta l'aperitivo, allontanò con un certo disgusto le tartine avvizzite e si diresse verso la cassa per pagare.

Poi, si allontanò e se ne andò in ufficio, per riordinare le idee e dare vita alla fase tre, anche se – a dir la verità – non era stata preventivata. Si era illuso che la fase uno e, al massimo, la due potessero bastare. Invece non andò così e si mise a sedere sulla sedia a pensare a che cosa non aveva potuto funzionare.

Quando ebbe finito, si dette una sistematina guardandosi allo specchio e uscì fuori dalla studio. L'orologio della piazza segnava le 21.10. Turno finito da dieci minuti. Ma lei era ancora dentro impegnata con gli ultimi clienti che, nel frattempo, erano triplicati rispetto all'ora dell'aperitivo. C'era di tutto: famiglie che passeggiavano, gente che aveva da poco finito di lavorare e altri, invece, che avrebbero cominciato di lì a poco il loro turno. Poi, i giovani, tanti giovani. Lei, lì: pronta a uscire: borsa in mano, aria stravolta come se fosse uscita da uno tsunami.

"Buonasera".

"Le tartine sono rimaste lì: non le andavano?".

"Diciamo che non avevo fame".

"Capito. La ringrazio per il prezioso consiglio che mi ha dato questo pomeriggio, ne terrò conto. Buonasera e alla prossima".

"Le posso offrire la cena? Sul lungomare c'è un ristorantino. Il titolare è un mio amico...".

"Ho una fame da lupo, infatti, ma preferisco andare a casa, anche perché esco da una giornata pesante".

"Ma ci mettiamo pochi minuti. Giusto il tempo di entrare in macchina e siamo già seduti al tavolo".

"Vista mare?".

"Certamente!".

"Accetto allora. Ma a una sola condizione".

"Quale?".

"Niente paternali!".

"Sono andato davvero così male prima?".

"Da schifo!".

* *

Qualche anno dopo

"Hai letto le brevi di cronaca?".

"No...".

"Hanno messo i sigilli al Bar Kimera".

"Ma dai: motivo?".

"Leggi qui: sono due righe."

"Vediamo".

Spaccio di droga e videopoker illegale: chiuso il Kimera. Scat-
tate le manette per I.L., proprietario del bar, ritenuto dalle forze
dell'ordine la longa manus della criminalità organizzata.

* *

Le cose che possiedi alla fine ti possiedono.
(Fight Club)

Sul come chiamare i figli

Botta e risposta a tavola tra mamma e figlio

Figlio: mamma, ma tu come hai scelto il mio nome?

Mamma: perché, non ti piace?

F: non so.

M: cosa non sai?

F: non so se mi piace o meno.

M: e allora perché me l'hai chiesto?

F: ma io ti ho chiesto perché hai scelto questo nome per me.

M: lo abbiamo scelto io e tuo padre. Chiedilo a lui.

F: sì, ok. Ma perché questo e non un altro?

M: perché tutti abbiamo solo un nome, al massimo due. O i nobili e i principi tre. Tutti gli altri uno.

F: non mi capisci mamma.

M: cos'è che non sto capendo?

F: perché io mi chiamo come mi chiamo? Perché tu ti chiami Alessandra? Perché papà si chiama Antonio?

M: non mi ricordo perché mi chiamo Alessandra.

F: e io perché mi chiamo come mi chiamo?

M: sbrigati a mangiare che si fredda. E poi va a lavarti i denti che facciamo tardi per la lezione d'inglese

F: *yes, of course...*

* *

Pensieri pomeridiani

In effetti, se proprio devo pensarci, non mi ricordo perché mi chiamo Alessandra o perché mio marito si chiama Antonio. Che razza di domande sono? Uno si chiama come si chiama e basta: sono cose, decisioni, che prendono i genitori e stop. Non se ne può rendere conto ad altri, e soprattutto non se ne può rendere poi conto a distanza di anni, quando oramai son davvero passati tanti anni e vatti a ricordare perché hai fatto quella cosa invece che un'altra. Uno si chiama come si chiama e basta.

* *

Prima lista preserale maschile

Lista di nomi per un eventuale altro bimbo
    Alessandro. Come Del Piero, famoso calciatore.
    Silvio. Come Berlusconi, politico per vent'anni.
    Alberto. Come Alberto di Monaco, principe.
    Paolo. Come Bonolis, conduttore tv.
    Giorgio. Come Faletti, scrittore italiano.

* *

Seconda lista preserale femminile

Lista di nomi per un'eventuale bimba
    Carla. Come Carla Fracci, ballerina italiana.
    Sissi. Come la principessa Sissi.
    Filippa. Come Filippa Lagerback, conduttrice tv.
    Luisella. Come la Costamagna, giornalista.
    Nicole. Come Nicole Minetti. Politica italiana.

* *

Conclusioni (se di conclusioni si tratta...) serali

F: papà, perché mi chiamo come mi chiamo?

M: ne abbiamo già parlato a pranzo: ognuno di noi si chiama come si chiama, ora non stancare tuo padre con questa faccenda.

Papà: che faccenda?

M: vuol sapere perché si chiama come si chiama. E vuol sapere perché io mi chiamo Alessandra e tu Antonio.

P: semplice!

F: figo!

M: cioè?

P: io mi chiamo Antonio perché così si chiamava mio nonno.

F: e io perché mi chiamo come mi chiamo?

P: perché tuo nonno, papà mio, si chiamava Francesco!

* *

Prima di dormire

M: pensavo a Carla, Sissi, Filippa, Luisella, Nicole come nomi per una eventuale sorellina di Francesco.

P: belli, davvero.

M: non ti piacciono?

P: sì, certo.

M: e allora perché fai quella faccia?

P: perché mia madre si chiama Amalia cara. Buonanotte e spegni tu la luce per favore...

A quei tempi andava più o meno così

A quei tempi andava più o meno così. Ero arrivato nella capitale da circa un paio di settimane, o poco più. Mi trovavo lì per studiare, o meglio: per completare il mio percorso di studi. Avevo conseguito la laurea triennale nella regione d'appartenenza e mi accingevo a completare il quinquennio con il famoso *più due*. Studiavo legge, ma avevo in mano i libri come si tiene tra le mani un gelato a gennaio: a debita distanza... Sarei diventato avvocato, di lì a un paio d'anni o poco più, questo è certo, ma era più un modo per accontentare i miei genitori, mio padre soprattutto, che ci tenevano tanto a quel pezzo di carta. Ma tanto davvero. Leggevo distrattamente quei manuali di giurisprudenza e quei voluminosi compendi, facevo qualche riassunto a penna su un quadernetto, se era il caso compulsavo *Wikipedia*, e poi mi presentavo agli esami come un cane bastonato: vestiti dai colori sbiaditi, barba di due o tre giorni, aria triste e sconsolata. Funziona sempre. Tecnica brevettata. Alla prima domanda si risponde in maniera decisa e vigorosa, poi alla seconda la si deve prendere alla larga, alla terza bisogna implorare un 21. Che spesso, quasi sempre, arriva. I professori, questo lo sapevo bene, per la lunga esperienza maturata nel triennio precedente, non vedono l'ora di togliersi dai coglioni certi lavativi, per specchiarsi nei secchioni. E io davo proprio l'impressione di esserlo, un lavativo. Forse ero il re dei lavativi. A laurea raggiunta, sarei finito nello studio legale di mio zio Rocco a lavorare, a centocinquanta euro in nero al mese. Ma solo perché ero suo nipote, non per altro. Per tutti gli altri praticanti, come al solito, nemmeno un grazie ma tanti calci in culo. Insomma, futuro assicurato. E futuro che poteva sicuramente aspettare. Avevo altro in testa. Mi interessavano soprattutto le donne.

A quei tempi andava più o meno così. Ero arrivato a Roma da poco e dovevo sbrigare certe incombenze burocratiche: iscrizione alla facoltà, poi alla mensa, poi abbonamento ai mezzi per girare in lungo e in largo, poi tessera del cinema, e via discorrendo. Insomma, passavo molte ore in fila, in quei giorni. Una fila a volte ordinata, altre volte caotica, comunque sempre in attesa del mio turno. Avevo poco a cui pensare, mentre ero in fila e, nel frattempo, mi guardavo attorno. Come detto, avevo altro in testa. Avevo in testa le donne. Meglio, le ragazze. Al mio paese non ero certo stato un fulmine di guerra, come si dice in gergo. Ero uno che se la cavava, per inciso: me la cavavo sempre, ma anche qui, come per l'università, non sarei certo passato alla storia per le mie conquiste. Cosa volete farci, andava così: avevi la ragazza se possedevi il motorino o, come i figli di papà, la macchina. Io non avevo né l'uno né l'altra. Con i miei amici si camminava a piedi, e spaccavamo il paesello due o tre volte al giorno da una periferia all'altra. Andata e ritorno. Avevamo la bici, certo: ma era roba da sfigati, e le due ruote le usavamo per le gite fuori porta, per il giorno della pasquetta, o per qualche corsa sui rettilinei fangosi di campagna, dove quando pioveva l'acqua ci restava per mesi. Quelli erano i tempi e potevamo viverli solo a quel modo. Non c'era altra scelta.

A quei tempi andava più o meno così. Le ragazze mi piacevano. E anche tanto. Mi ricordo Margherita, l'ho rivista da poco in spiaggia, anche se me la ricordavo più bella; mi ricordo di Adele, si è sposata con un carabiniere e vive in provincia di Torino, tra le nebbie; mi ricordo di Rubina, ma non so che fine abbia fatto, non l'ho mai più rivista né ho sentito parlare di lei; mi ricordo di Laura, che nel frattempo è diventata lesbica, e questa è una certezza perché ho visto che si baciava con Emanuela il giorno di Ferragosto, nemmeno un mese fa; mi ricordo di Gloria, cazzo è vigilessa oggi e, ne sono sicuro, prima o poi mi farà un bel multone per farmela pagare di quando, dieci anni fa, più o meno, ora non ricordo precisamente, le toccai il culo per la prima volta nella storia della sua vita sessuale: credo che da allora non si sia più considerata vergine... Vabbè, cose che succedono, e che sono sempre successe, e che sempre accadranno. Le giornate scorrevano comunque lente. E i telefonini, con il carico di tutte le *app* di questo mondo d'oggi, non c'erano ancora.

A quei tempi andava più o meno così. Facevo le file in quei primi giorni nella capitale e mi chiedevo da dove potessi cominciare. Volevo conoscere più ragazze possibile. Ma forse mi mancavano i fondamentali. Anzi, era certo che mi mancassero i fondamentali. Sicuramente, non avevo quel *physique du rôle* che si addice a un dongiovanni. Non avevo nemmeno la sfrontatezza del bullo di quartiere. Non ero di certo un bello da paura, le magliette che indossavo non si ingrossavano di certo per i muscoli e notavo una certa calvizie che, mese dopo mese, conquistava sempre più spazio sulla mia testa. La calvizie avanzava con le sue truppe agguerrite, mentre i capelli cadevano e quelli che rimanevano battevano tristemente in ritirata. Non potendo contare sul fisico, decisi che l'intuito e la scaltrezza dovevano farla da padrone. Non avevo altra scelta. Insomma, era chiaro che mi sarei dovuto ingegnare per fare breccia nel cuore delle ragazze romane. Anche se, di lì a poco, giusto qualche giorno, capii subito che le ragazze romane non le avrei mai conosciute o incontrate. Erano una razza ormai estinta, una categoria forse mai esistita, se non nei libri di Moccia o nelle pellicole melense di certi film pseudoromantici. Nei bar, nelle aule dell'università, nelle palestre, nei posti che frequentavo, c'erano sì tante ragazze, ma di origine pugliese, calabrese, siciliana, sarda e campana. Di romane di Roma mai vista né sentita una. Non sono mai riuscito a capire il perché. Ci sono cose che nella vita vanno solo accettate, senza star lì a chiedersi perché e per come.

(Domanda: ma le ragazze che nascono a Roma quale università frequentano? Forse a Milano, forse all'estero? Chissà!)

A quei tempi andava più o meno così. Avevo escogitato un modo infallibile per attaccare bottone con il gentil sesso. Una tecnica perfetta per abbordare le ragazze. Non potendo contare sui capelli biondi e sugli occhi azzurri, e non avendo né un cospicuo conto in banca né una Porsche parcheggiata in garage o un cavallo bianco con il quale far innamorare la bonazza di turno, allora mi ero inventato questo astuto stratagemma. Che ora vado qui a esplicarvi e, se ce la fate, ascoltatemi in silenzio. Entrando in un ufficio pubblico, laddove c'era da sorbirsi almeno un paio d'ore di fila, andavo alla macchinetta eliminacode e, invece di prendere un solo ticket per me, all'occorrenza ne prendevo due e, a volte, se capitava, o se la necessità lo richiedeva, anche tre o quattro. E restavo ad aspettare, come un leone che attende pazientemente la sua preda. E le prede non mancavano praticamente mai. Sbucavano dal nulla e si palesavano coma mai prima d'allora.

A quei tempi andava più o meno così. Era bella, cazzo se era bella. Alta il giusto. Più o meno quanto me. Capelli neri, lunghi fin quasi al sedere, e lisci che parevano spaghetti. Occhi neri, carnagione chiara, un filino di trucco, a incasellare meglio gli occhi, ma nulla di che. Niente di esagerato. Appariva spaesata, questo sì, come se fosse stata catapultata a diecimila chilometri da casa e non parlasse la lingua del luogo.

Aveva dei fogli tra le mani, che sembrava pesassero come un macigno, e una penna di colore blu. Vestiva semplice, abiti ancora estivi, d'altronde era la metà di settembre: un fuseaux nero che le arrivava giù fino ai polpacci, lasciandoglieli però scoperti, calzava dei sandali, spartani direi, quasi francescani. Portava una maglietta a maniche corte, attillata il giusto, di colore grigio, con stampigliata su un'immagine di un qualche college americano con una scritta illeggibile. O, per lo meno, io non riuscivo a leggerci nulla di sensato.

A quei tempi andava più o meno così. Le forme erano davvero a posto, per me. A occhio, non ero certo uno specialista, portava una seconda di seno. Nella sua figura era molto proporzionata: seno e sedere si bilanciavano alla perfezione. Portava il tutto con grazia. Come se stesse sulle punte, a mo' di ballerina. Non era una secca, e non era una di quelle abbondanti. Era bella, graziosa. Una piccola bomboniera. Gli occhi mi luccicavano e sentivo spinte da tutte le parti del corpo. Me la volevo mangiare pezzo a pezzo, come si fa con uno spiedino. Ma non ero di certo un cannibale... Mi feci coraggio, come se qualcuno mi avesse dato un calcio in culo dopo aver preso una lunga rincorsa e mi buttai, senza nemmeno più pensarci.

"Ciao, mi chiamo Riccardo". Mi presentai e attesi una risposta che però tardò ad arrivare e dopo un'attesa che a me parve interminabile, lei parlò.

"Scusa?". Disse solo così. E poi tacque.

Compresi subito che il mio primo tentativo fu vano. Come se avessi parlato a un muro di gomma, le parole tornarono indietro così come le avevo pronunciate. Decisi di riprovarci: cosa cazzo avevo da perdere...!!! Una figura di merda in più o in meno non avrebbe certo fatto la differenza nel mio purtroppo magro e scarno curriculum di latin lover. Mi ributtai con coraggio.

"Prima ho detto ciao, cioè ti ho salutata, e poi ho detto che mi chiamo Riccardo". Mi ero fatto capace. Mi sentivo forte, deciso e fiero di me stesso. Queste parole mi erano uscite di bocca, ma è come se a parlare non fossi stato io, ma la proiezione di me stesso. Un me stesso che avevo sempre sperato si palesasse, un me stesso che avevo sempre inseguito, e fino ad ora mai raggiunto. Cazzo, stavo per fare centro, me lo sentivo.

"Ah, scusami", disse. E successivamente, in rapida sequenza, guardò prima l'ora sul minuscolo orologio color oro sul polso sinistro, poi dette uno sguardo alle carte che aveva in mano, poi si mise in bocca la penna e poi si sistemò i capelli, facendoseli passare accuratamente sotto il palmo della mano destra, riunendoli così sulla spalla sinistra.

"Non devi scusarti di nulla. Anzi, sono stato avventato io a sorprenderti alle spalle senza avvisarti". Mi giocai la carta della gentilezza, tanto per cominciare.

"Mi chiamo...".

E disse un nome che scordai subito perché come un troglodita le stavo guardando le tette.

"Sei anche tu una matricola?", chiesi allora con fare disinvolto, come se la cosa non mi riguardasse affatto. Povero me, a mio modo ero anche io una semplice matricola, o comunque mi iscrivevo alla specialistica per il primo anno. Ma feci finta di nulla e rigai dritto.

"Sì".

Rispose così e lì ebbi la netta sensazione che la situazione stesse precipitando. Non c'era conversazione e di fronte avevo un binario morto. Dovevo fare qualcosa per riportare la discussione, se così poteva essere chiamata, a mio favore. E così partì l'azzardo.

"Queste code sono interminabili. Ore e ore in fila per un timbro o una ricevuta. Mi chiedo a cosa serva allora internet e la posta elettronica!", sbottai. E segnai un punto a mio favore, visto che indipendentemente dalla sua eventuale risposta, avevo già pronta la successiva battuta. Come un attore consumato. Ero fiero di me stesso.

"È vero, è così. Comunque, io sono arrivata da poco, credo di essere in fondo alla fila, una della ultime, anzi credo proprio di essere l'ultima: ho il numero centoventitré. E la fila si muove molto lentamente purtroppo", disse quasi sottovoce.

Non credetti a quello che avevo sentito. Ora non avevo una strada davanti, ma un'autostrada di quelle americane a più corsie: dovevo solo scegliere dove posizionarmi. Il gioco era fatto e non avrei dovuto fare altro che dosare le mie parole. Più facile di un calcio di rigore senza portiere: dovevo solo tirare in direzione della porta e avrei fatto gol con una semplicità disarmante.

"Che numero hai detto di avere?", bluffai facendo finta di essermi distratto e di non aver sentito che numero avesse. In realtà avevo ascoltato benissimo, ma stavo solo preparando il colpo a effetto e stavo creando la suspense adatta al colpo di teatro del qui presente Riccardo Cuor di Leone.

"Centoventitré", ripeté. Scandendo ben bene lettera per lettera: fu quasi uno spelling...

"E allora è il tuo giorno fortunato!", esclamai quasi con devozione e con il massimo della teatralità possibile.

"In che senso?", chiese magliettagrigiaefuseauxnero. Così come l'avevo temporaneamente nominata, dato che come un coglione m'ero scordato il suo nome. Allora le spiegai com'erano andate le cose.

"Quando sono arrivato, ho dato un colpo secco alla macchinetta dei ticket per prendere il mio numero. Ma un colpo secco che la macchina in questione non ha saputo reggere adeguatamente e la conseguenza è stata che invece di un solo numero ne ha sputati due. Ora hanno chiamato il numero settantatré. Io ho in mano il settantasei e il settantasette". Dissi proprio così, senza calcare la mano, ma con la giusta enfasi, ma anche con ponderata freddezza, come se fossi rimasto sorpreso anche io della cosa. E notai subito che il colore del viso di magliettagrigiaefuseauxnero cambiò tutto d'un tratto, si fece più colorito, e passò dal rosa sbiadito al rosso acceso. Insomma, avevo fatto centro e mi ero guadagnato la sua attenzione. Ora dovevo lasciare che le cose facessero il loro corso. Io mi ero esposto e avevo detto tutto, o meglio: quello che avevo deciso di dire, la mia versione dei fatti, opportunamente edulcorata. Ora stava a lei sbilanciarsi e rivelarsi. Voleva giocare o no a questo gioco?

"Un bel colpo, non c'è che dire: e ora cosa te ne fai di due biglietti?", chiese. Non sapendo che avevo pronta la risposta da un ventidue anni esatti esatti.

"Ho da poco deciso che l'altro biglietto lo darò alla più bella ragazza presente in questa stanza", e mentre proferivo questa frase la guardai dritto nelle pupille e conclusi il tutto con una strizzata d'occhio. Il gioco era fatto!

"Oh, ma grazie. Sei molto gentile. Ti ringrazio di questo omaggio e di questo regalo. Non so come ringraziarti...", e mentre mi diceva tutto questo si prese il numero settantasei, lasciando a me il settantasette. Lei avanzava di ben quarantasette posti, mentre io retrocedevo di uno, dal settantasei al settantasette appunto. *Ma cosa non si fa per la figa*, pensai. E ingoiai il rospo in previsione della ricompensa. O almeno così speravo o m'immaginavo.

In attesa del nostro turno ci accomodammo su una panchina in fondo alla grande e barocca sala d'aspetto, fatta di lampadari, marmo grigio e panche di legno. Avevamo tanto da dirci e tanto da scambiarci. Ci raccontammo vicendevolmente le nostre storie. Le dissi che studiavo giurisprudenza, che di lì a poco sarei diventato un avvocato stimato, che era il mio sogno inchiodare i colpevoli, e rendere questo dannato mondo migliore di com'è, e menate di questo tipo. Cercavo di fare bella figura, di mostrarmi sveglio e attento. Mentì su un paio di particolari, soprattutto sulla mia media voto universitaria e sul fatto che avessi la macchina parcheggiata nel garage del palazzo dove attualmente risiedevo e che, per un banale disguido con l'assicurazione, avrei dovuto attendere un paio di settimane per scorrazzare dentro e fuori Roma con il mio Peugeot 206 Enfant Terrible che, invece, arrancava tristemente in salita, come cantava un certo Max Pezzali qualche anno fa, ed era parcheggiata al paesello.

Lei non si confidò molto, rimase sul vago e sul generale. Era di origine siciliana, disse anche il nome del paesino, di appena mille anime, ma ovviamente lo dimenticai quasi subito. Della sua famiglia non accennò a nessun particolare, ricordo solo che mi rivelò che il padre lavorava all'estero, forse in Belgio, da tanto tempo e che tornava a casa tre volte l'anno: pochi giorni a Natale e a Pasqua e una settimana d'estate. I fratelli sembrava non ci fossero o che non esistessero proprio. Studiava Lettere, voleva insegnare Italiano e Storia, in un liceo, così disse, e pare che questo fosse il suo sogno sin da bambina. Come fare il missionario o il medico. Insomma, una vera e propria chiamata. Ci credetti ma, francamente, della sua storia poco m'importava. Alla fine aggiunse che i soldi per vivere a Roma, quasi settecento *euri* al mese, glieli mandava lo zio, che trafficava con il pesce e che non si era mai sposato per problemi caratteriali. Non avendo figli, lo zio aveva deciso di destinare parte delle sue cospicue entrate per consentire alla nipote di costruirsi un futuro diverso da quello che era toccato a lui e, quindi, migliore. Questi erano gli intendimenti. La riuscita era ancora tutta da vedere. Sempre zii in mezzo, notai con mestizia.

Era arrivato, per me, il momento clou. Avevano chiamato il numero settantacinque e lei era già in posizione per fiondarsi al mio ex posto con il mio ex numero. Da lì a qualche minuto avrebbero chiamato il numero settantasei e la burocrazia avrebbe fatto irruzione nel nostro ménage. Non avevo molto tempo a disposizione e, se avessi voluto rivederla per un appuntamento galante, era chiaro che avrei dovuto chiederle il numero di telefono. L'unico modo per rimanere in contatto. Certo, la speranza di lasciar fare tutto al caso, in attesa di un secondo fortuito incontro, poteva portare con sé quel tocco di romanticismo che piace tanto alle ragazze, ma Roma era una città troppo grande per contare sulle coincidenze. Rivederla casualmente per la seconda volta era solo una faccenda che atteneva alla statistica. Decisi che la statistica poteva restare dov'era sempre stata nella mia vita, cioè nel dimenticatoio. Capace che non l'avrei più rivista in vita mia, se non mi fossi dato da fare con decisione. E questo non lo volevo. Per cui ancora una volta mi feci forza e dissi:

"Ho poca familiarità con il pc e smanetto davvero male con la posta elettronica. Sarebbe bello rivedersi, magari in biblioteca davanti a un caffè per continuare a conoscersi meglio". Sì, dissi proprio biblioteca e mentre lo dicevo mi accorsi che era la prima volta che pronunciavo quel nome in vita mia. Biblioteca. Ero proprio cotto.

"Sì, farebbe piacere anche a me", aggiunse lei. In verità abbastanza freddamente: vidi che stava riordinando le carte e mentalmente era già pronta a disquisire con il freddo burocrate dall'altra parte del gabbiotto.

"Mi dai il tuo numero di telefono?", chiesi con voce sicura e ferma. Come a voler dire che la naturale conclusione della nostra chiacchierata doveva essere quella e solo quella.

"Certo, hai carta e penna?", disse magliettagrigiaefuseaux-nero.

Tirai fuori il mio quadernetto dove facevo i riassunti, e mi accorsi che era vergato da strani disegni che, agli occhi di una sconosciuta, potevano sembrare di dubbio gusto. Anzi, erano di dubbio gusto. Cercai comunque uno spazio libero dove poter scrivere i dieci numeri più importanti della mia nuova vita da universitario romano, ma un altro buon minuto lo persi nella disperata e affannosa ricerca di una penna con la quale poter scrivere. Non ce l'avevo e allora decisi di farmela prestare da magliettagrigiaefuseauxnero che, gentilmente, me la porse. E proprio mentre aveva cominciato a dire la sua filastrocca

"tre-tre-quattro-cinque-sei-sette-otto-nove..."

da quel maledetto gabbiotto una voce gracchiante e nasale disse, sovrapponendosi alla voce di magliettagrigiaefuseauxnero:

"avanti il numero settantasei".

A quella voce, magliettagrigiaefuseauxnero si precipitò verso l'oscuro burocrate e per me non ci fu più verso di agganciare ai primi otto numeri anche gli ultimi due. Restai con la penna e il quadernetto in mano ed ebbi la netta percezione che tutto stava sfumando, sul più bello, proprio come in un coito interrotto. La sentì solo proferire l'ultima frase:

"...scappo che mi stanno chiamando, finiamo dopo di parlare...".

Ma che parlare e parlare, mi stavi dando il tuo numero, rimuginai tra me e me. E così rimasi seduto in attesa che avesse finito. Passarono un bel po' di minuti e quando la rividi spuntare con la sua bella ricevuta in mano disse candidamente:

"Chiamano il tuo numero tra qualche secondo, il settantasette: io esco fuori a fumarmi una sigaretta. Mi trovi all'uscita quando hai finito. A dopo...".

Come un bradipo presi i miei incartamenti, e li gettai distrattamente al freddo burocrate. Poteva farne tutto ciò che voleva, anche bruciarli. Francamente non me ne importava molto, desideravo solo che si sbrigasse, perché dovevo correre da magliettagrigiaefuseauxnero per salutarla, finire di prendere il suo numero e programmare già la nostra seconda uscita.

A quei tempo andava più o meno così. In un lasso di tempo che anche questa volta mi parve eterno, dal gabbiotto venne fuori la ricevuta tanto attesa. La presi e mi fiondai fuori con uno scatto degno del miglior Pietro Mennea. Arrivato sul piazzale antistante, guardai al centro dove c'era una fontana dalla quale non sgorgava nemmeno una goccia d'acqua, ma non vidi nessuno, poi mi voltai a destra e subito dopo a sinistra. Nulla. Non la vidi. Allora svoltai l'angolo alla fine della piazza, ma c'era solo una lunga fila di macchine incolonnate al semaforo, poi tornai indietro, fino alla fine della piazzetta ma non vidi nulla che poteva assomigliare a magliettagrigiaefuseauxnero. Guardai in faccia una per una le venti e più persone che si palesavano davanti a me nel raggio di qualche metro. Era svanita nel nulla. Andai così al chiosco delle bibite, mi presi un chinotto, era la lattina che costava meno di tutte, mi sedetti sul marciapiede e aspettai, pensando che di lì a poco sarebbe spuntata fuori a riprendere la nostra liaison. Passai tutta la mattinata ad attendere l'evento, il miracolo, ma non si verificò nulla di ciò che speravo. Decisi allora di tornarmene a casa. Avevo giocato la mia partita, al meglio delle mie possibilità, ma avevo perduto.

A quei tempi andava più o meno così. A proposito, il suo nome è Cristiana, alla fine me lo sono ricordato. Sono passati dieci anni da quella mattina e la sto ancora cercando. Cerco una ragazza di nome Cristiana.

Indice

www.ingramcontent.com/pod-product-compliance
Lightning Source LLC
Chambersburg PA
CBHW030240180626
46810CB00008B/3226